KB269858

당신 속의 봄

당신 속의 봄

도완석 시집

시와정신시인선

56

시와정신사

그의 시에서 어머니와 울었다

장인순 박사(전 한국원자력연구원장)

글을 쓴다는 것이 인간에게 가장 이로운 행위라고 한다면, 시를 쓰는 것은 무엇이라 표현할 수 있을까? 이 시집에는 '눈물'이 있었다. 평소 내가 아는 도완석 시인은 맑고 활력이 넘치고 남을 배려하고 매사에 긍정적인 분이어서 나는 그가 살아온 삶의 뒤안길에 그렇게 많은 어려움과 눈물이 있었는지를 전혀 알지 못했다. 그러다 이 시집을 통해 비로서 그의 숨겨진 눈물과 지나온 삶의 아픔을 알게 되었다.

눈물은 사랑이고 눈물은 삶의 일부분이고 눈물은 하나님이 인간에게 주신 귀중한 사랑의 표현이 아닌가? 강철같이 강한 사람에게도 흐느끼는 밤과 몸부림치는 아픔과 어둠이 있다는 말이 바로 도완석 시인을 두고 하는 말이었던 것 같다.

도 교수의 '연보'를 읽으면서 아버지를 한 번도 보지

못하고 홀어머니와 함께 살아온 삶의 여정이 너무나 가슴 아팠다. 그 아픔을 딛고 세상의 빛으로 우뚝 선 그의 삶이 참 대견스럽고 아름다웠다. 그의 시 「세월의 강」 중에서—**난 보고픈 니 아버지 곁으로 다시 시집가는기라…전설이 되어 버린 울 엄니 아직도 흐르는 그 눈물 가슴에 묻고 문득 밤 하늘 홀로 떠 있는 달 쳐다보면 내 설움에 눈물이 난다.**—는 구절에서 난 나의 어머니와 오버랩되어 끝내 울고 말았다. 여자가 아닌 어머니만이 할 수 있는 강한 삶의 모습은 그야말로 도완석 교수의 삶의 정원에 핀 향기 나는 한 송이의 장미였다. 참으로 아름답고 숭고한 삶이었던 것이다. 질곡의 삶을 사신 그의 어머니 최남임 여사의 그 숭고한 삶 속에서 자란 도완석 시인은 바로 엄마가 눈물로 만든 진주라고 생각한다. 그리고 시집의 「서시」를 읽으면서 인간 도완석 교수의 솔직하고 진솔한 내면 세계를 접하면서 왜 시를 쓸 수밖에 없었는가 알 수 있었다. 그 많은 시 속에 숨겨진 고난과 외로움과 절망과 또 다른 한편 행복과 환희와 때론 창조자의 은혜와 평강까지 아우르는 아름다운 시어들. 참 감탄스러웠다. 한 인간은 단수이지만 복수의 삶을 살아야 한다고 하는데, 시인 도완석 박사는 그야말로 다양한 삶, 시인으로, 극작가로, 연출가로 교육자로. 끊임없이 베풀고 노력하며 살았기에 그가 쓴 시에는 눈물과 사랑과 아픔이 있고 깊은 울림이 있다. 마지막 시 「송구영

신」―**나의 나 됨을 감사하며, 나는 낯선 땅에 홀로선 외
로운 이방인처럼 살으렵니다.** 이 시를 읽으면서 이방인
처럼 살겠다는 뜻이 무엇인지 언젠가 시인에게 듣고 싶
다. 시를 통해 시인의 진솔한 삶을 읽으면서 '왜 시는 상
처에서 피는가'를 이해할 것 같아 나에게 큰 기쁨이 되
었다.

긍정의 시어로 그려진 치열한 삶의 이야기

도한호(시인, 국제펜 한국본부 이사)

몇 년 전에, 대전 충청 문화예술인 모임에서 도완석 시인과 옛이야기를 나누는 중에, 도 시인이 1950년대 후반에 필자가 기숙하던 대전 역전의 옛 기숙사 내 방 앞에 있던 아기 사과나무를 기억하는 것을 보고 놀라지 않을 수 없었다. 일곱, 여덟 살의 어린 나이에 잠시 본 그 정경을 65년이 훨씬 지난 지금까지 생생하게 기억하다니!

필자는 도완석 시인의 연보와 시집 초고를 읽으면서 구구절절 그의 문화·예술인으로서의 '성향'이라 할까, 본능을 실감했다. 연보에 기록된 문예활동 중심의 주요 항목에는, 쉴 틈 없는 창작과 활동으로 가득한 그의 생애가 기록되어 있었다.

그는 미술을 전공한 화가, 여러 편의 희곡과 시나리오를 집필하고 무대에 올린 극작가요 연극인이요 연출가

다. 그리고 이번에 여섯 번째 시집을 펴내는 시인으로,
교육자로서 후회 없는 삶을 살아온 예술인이다.

　이번에 그의 여섯 번째 시집, 『당신 속의 봄』은 4부,
57편의 신작 시집으로 각 부에 수록한 시의 성격과 서정
이 각각 분명한 특징을 가진다. 시인은 「서시」에서 자신
의 삶에 대한 연민을 이렇게 표현했다:

> 나는 내 삶의 세월 속에 어떤 흔적을 남겨놓았는가, 내
> 운명에 어떤 존재적 가치를 보여주었는가. 아직도 남
> 겨진 인생의 미련은 피카소 그 3차원 초상화 같은 모
> 습, 내 삶에 숭고함, 정직한 진실이 있었던가. 있었다
> 면 자신하건내 누어 가지 뿐. 가족에 대한 사랑, 연약
> 한 신앙, 일에 대한 열정. 그것도 아주 가난한 모습을
> 가지고.

　시인은, 자신이 세상에 살면서 '이것이요' 하고 외칠
수 있는 것으로 가족에 대한 사랑과 연약한 신앙과 일
에 대한 열정뿐이었다고 말했으나, 사실은 그것이 우리
의 인생과 삶 그 자체가 아닌가. 필자의 판단으로는, 시
인은 가족과 일에 대해 최선을 다한 늠름한 생활인이다.
그의 시는 그렇게 표현하고 있다.

　제1부, 〈3월이 머무는 곳에〉 수록된 열네 편의 시는 계

절에 대한 느낌과 아내와 가족에 대한 정과 사랑이 면면
이 나타나 있다. 1부의 마지막 시 「수레바퀴」는 분요한
세상에 대한 회의와 두려움이 엿보이면서도, 수레바퀴처
럼 기다리는 봄은 언제인가 제 자리를 찾을 것이라는 기
대와 낙관이 보이는 시이다. 봄이 오는 과정에 안개가 끼
고 예상치 못한 시련이 닥쳐, 시인이, "정말 봄이 오는 걸
까?" 하고 절규했으나, 이 시의 제목, 「수레바퀴」가 이미
봄이 오고 있다는 긍정의 전제를 선포하지 않았는가.

　제2부, 〈세 송이 카네이션〉은 나흘 동안의 신혼 꿈을
접고 전선으로 나간 후 영영 돌아오지 못한 자랑스러운
아버지와 피난 길에 유복자를 낳아 천신만고 그 아들을
떳떳하고 자랑스러운 남아로 세상에 내놓고 자신은 병
상에서 하나님 나라로 돌아간 어머니와 청년 도완석을
아들처럼 보살피고 지도해서 오늘의 도완석으로 세상에
내놓은 대성학원 창립자 김신옥 목사, 이 세 분에게 바
치는 카네이션이 그려졌다.
　여남은 편의 시 속에 그 어른들의 자랑스러운 삶과 고
난과 영광이 절절히 나타나 있다.

　제3부 〈멈추어진 시간〉은 치열한 삶의 현장에서 필연
적으로 다가온 가족에 대한 애환이 적나라하게 그려졌
다. 모래 언덕밖에 보이지 않는 사막 한가운데 던져진

것 같은 절망 속에서도 꿋꿋하게 모든 난관을 헤쳐온 시인의 가족사이다.

그들은 〈멈추어진 시간 속에서〉도 봄을 맞이하고, 〈청춘행진곡〉을 부르며, 〈인생 구구단〉 속에서 변함없는 하나님의 사랑을 발견하고, 마침내 〈옥합을 깨뜨릴 각오〉로 〈진실을 고백〉한다. 참 아름답고 진솔한 가족사이다.

제4부 〈세상에 외치다〉는, 시인의 현재 삶과 그 삶에 대한 성찰이 그려져 있다. 도 시인은 분투하면서도 반성하고, 〈회심〉하며, 〈피타고라스 함수〉 속의 사인(sine)처럼 인제나 곧은 자세를 유지하며 살며 분투해왔다. 「당신 속의 봄」, 긍정의 활력이 넘치는 아름다운 시편이다.

이 시집이, 도완석 시인의 문학을 접하는 독자들에게 시의 세계로 가는 여정에 이정표가 되기 바랍니다. 아울러, 문학에 대한 시인의 노력과 헌신에 대한 작은 보상이 되기를 기대하며 붓을 놓습니다.

2025년 10월 1일
노은동 서재에서

서시序詩

만약 내일 세상을 이별한다면 난 남겨진 미련으로 눈을 감지 못할 것 같다
삶의 인연을 끊지 못하고 가는 죽음, 그 허망함을 어찌 견디어 낼까 다행인 것은 그것이 만약이니까 지금의 난 아직 삶으로 존재하니까 깊은 밤 나를 사색해 본다

나는 내 삶의 세월 속에 어떤 흔적을 남겨놓았는가 내 운명에 어떤 존재적 가치를 보여주었는가 아직도 남겨진 인생의 미련은 피카소 그 3차원 초상화 같은 모습
내 삶에 숭고함, 정직한 진실이 있었던가 있었다면 자신하건대 두어 가지 뿐
가족에 대한 사랑, 연약한 신앙, 일에 대한 열정, 그것도 아주 가난한 모습을 가지고

살아온 인생에 담긴 아쉬움 뒤바뀐 인생행로 가족들의 장래 못다한 아내의 사랑
그리고 되돌릴 수 없는 청춘의 미련 같은 것 그 혼돈된 인생의 무질서 누군가 날 비난한다면 창조의 질서 속에 발가벗겨진 내 인생 어떤 눈가림으로 숨어 살아서일까

에덴의 동쪽, 내 삶은 언제나 그곳에 머물러 있었다 때

론 벧엘이나 갈보리로 외유하면서

　아 감추어진 욕망 시들해진 믿음 내가 곤고한 자로구
나 사망의 고통에서 벗어나고 싶다

　문득 떠오르는 한 단어 「회복」 믿음의 열정 온전한 사
랑 꾸밈없는 소망으로 가득 찼던 그 열정의 시간으로 나
의 생각을 멈추고 침묵한다

　만약 내일이라도 이별의 시간이 다가온다면 난 그분의
언약을 회복하며 잠들고 싶다

　삶의 인연을 모두 맡겨둔 채로 그리고 미련하지만 아
직은 만약이니까 내 남겨진 시간까지 정직한 기억을 더
듬으면서 기억 속의 남겨진 감성들을 그리워하며 시를
쓰고 싶다

乙巳年 六月 버드내 서재에서

지은이

제3부 옥합을 깨뜨리며

제4부 세상에 외치다

『당신 속의 봄』에서 만난 상생과 구도(求道)의 뮈토스
– 김충일(평론가 · 문학박사)

_____ 제1부
3월이 머무는 곳에

3월이 머무는 곳에

봄비에 그리움 느끼는
3월이면
비 개인 어느 날
그리움이 찾아온대요

추억이 머뭇거리는
3월이면
여보세요 하고
봄소식으로 찾아온대요

차라리 눈을 감고 생각하는
3월이라면
꿈속에서 내 눈물
가슴으로 찾아오고

영영 잊을 수 없는 아픔이
3월이라면
반드시 내 앞을 스치는
바람 되어 찾아온대요

어제가 오늘 되고
오늘이 내일 되는 세월에
머물 수는 없겠지만

그리움
그 시린 가슴 바람 되는
3월이면
꽃봉오리 같은
첫사랑 슬그머니 다녀간대요

4월

늦게 찾아온 봄을
시샘하는 여름
가는 봄비에 꽃잎 모두
떨구고 바르르
떠는 계절

一場春夢이기에
맵시 부리지 않는 겸손
기억나는 눈물

봄 향기마저
짙어지는 연녹색
울 손자 변성기 목소리
침울해지는 세월이야
어찌 막을손가

떠나는 발걸음
막지 말라 하더니
결국 떠나보내는

꺾인 고집

4월은 그렇게
농익어 가는구나

눈물의 꽃

더디 오는 봄
마당에 산수유가 피었어요
이제 봄이 오나 보네
그대 만나고 오는 길에
목련이 봉오리 졌네요
저 봉오리 터지면 꽃이 피고
저 꽃이 다시 지면
이번엔 벚꽃이 만발하겠지

처음부터 난 당신이 좋아
예쁘다고 했어요
사랑한다고 했지요
그건 당신을 향한 내 마음
당신은 참 이쁜 꽃이야 했더니
나도 그에게 이쁜 꽃이 되었나 봐요

웃지 않는 꽃이 어디 있을까요
우린 서로 꽃이 되어
매일 웃는 꽃이 되었는데

벚꽃이 피는가 했더니
어느새 눈꽃 송이처럼
휘날리네요

세상에 미운 꽃이 어디 있으랴마는
당신이 남기고 간 꽃은
정말 미웠어요

당신을 바라보는 나의 가슴이
꽃이면 했는데 왜 눈물일까요
나는 당신의 영정 앞에 놓인
꽃의 이름을
눈물의 꽃이라 하였지요

떠나가는 봄

변덕스런 눈물
어수선한 일기
더디 오는 봄이건만
봄꽃은 피는가

나라 곡곡
방방 곡곡 불어오는
환란의 바람

붉은 기 들고 행진하는
속절없는 무리들
보고싶지 않은
사법부 심판의 행태

설거지조차 미룬 채
모두를 개딸로 만드는
이 난국

봄이
머물지 않는 이유인가

끓어오르는 분노
내일이 싫어지는 계절

그럼에도
봄꽃이 피었네
내 마음에
봄은 떠나가는데

당신의 봄

오늘도
내 삶을 자신의 삶으로 삼고
일흔 넘긴 나이
하루의 가사노동에 지쳐
가벼운 코를 골며 자는 당신을
곁에서 바라봅니다

목련이 피고
화사한 벚꽃이 피던
당신의 봄날은 어디로 갔나요

약속 어긴 친구들 따돌리고
당신과 나 둘이서만
충북선 열차 타고 차창 밖
풍경을 바라보며
나누던 봄 이야기

그때 해맑은 미소로
내 가슴에 사랑의 불씨를 지펴주던

당신이 봄이었어요

이십 대 후반
우리의 신혼 때
당신은 정말 화사한 꽃이었지요
덕분에 우리는 화창한
봄날이 되었고

첫째 아이 태어나고
다시 두 번째 아이 태어나
그때 우리는 영원한
봄날이기를 약속했는데

어느새
모진 세월은 그 봄이
문득 손자들 이야기 속으로
옮겨진 것을 보고는
화들짝 놀랐습니다

오는 봄 이 눈물 어찌하려고

입춘이 지났건만
엊그제 난데없는 한파로
도심이 얼어붙은 이유가 있었네요

어둠 깊은 허공 속에서
누군가를 외쳐 부르며
이 도시 창공을 날아 다니던
하얀 눈송이
그것은 한 어린 영혼의
울부짖는 눈물이었어요

얼마나 무서웠을까
얼마나 외로웠을까
끝없는 어둠 속
아무리 외쳐 불러도
들리지 않는 엄마 목소리
보이지 않는 아빠 얼굴

어찌 그럴 수가
2월은 결빙 속에서도

언 심장 녹여 꽃을 피우는
달이건만
어찌해야 하나요
모두의 가슴 속에 맺혀진
또 하나의 눈물을

아이야 울지 마라
이제 곧 빛이 비출 거야
많이 배고프지
어서 새처럼 너 있는 어둠을 뚫고
하늘 높이 날아가거라

세상이 정말 왜 이럴까요
거리에 나부끼는 현수막들
모두 거두고 하늘을 향하는
저 어린 새를 바라보며
모두 통곡해야 해요
오늘 함께 울어야 해요

(고 김하늘 어린이를 추모하며)

사월의 봄비

지금 생각해 보니
몹시도 가난했던
어린 시절

홀로
비 오는 처마 밑에 쪼그려 앉아
떨어져 돌멩이에 튕겨나는
빗방울을 세며
장에 가신 엄마를 기다렸지요

쪼르록 배가 고팠나 봐요
살며시 손가락으로
고인 빗물을 찍어
입에 대봅니다

담장 아래
비에 젖어 떨며 피어있던 꽃
엄마 저 꽃 이름이 뭐야
민들레일걸 노랗잖아

내 머리에서
떨어진 빗방울이
고인 물에 동그라미를 그렸어요
엄마 빗방울은 동그라미를
잘 그려 다시 해볼까

하지 마
빗물에 옷 젖으면 감기 걸려
알았어 안 할게 혼자 생각하고는

다시 배가 고팠나 봐요
젖은 머리 헝클어뜨리고
촉촉해진 손등을
코에 대 보았어요
어 저번에 엄마가 사다 준
풀빵 냄새가 나네

그땐 가난이 서러운 줄도
몰랐었나 봐요

삶을 경험해보니

봄은 누구에게나 찾아오지 않아요
봄을 기다리는
그 그리움을 묻어둔
가슴에만
봄꽃이 피거든요

봄은 언제나 찾아오는
계절인 줄 알았는데
봄이 신의 베풂인 줄
모르는 이에게는
바람으로 머물다 비켜 가거든요

봄은 어디서나
꽃을 피우는 줄 알았는데
눈물 자국이 남아 있는
가지에만
봄소식을 전해주네요

인생이 겨울인 가슴에는
눈물이 꽃이었는데

정작 눈물이 마르니
그 가슴에도
봄꽃이 피더군요

삶을 경험해보니
내 가슴은 늘
봄이었네요.

목련

그대는 봄빛 향기
하얀 소복으로 살포시 다가와
하필 외로운 그 시간에
그리움만 남기고
가지런한 미소
내 가슴 울렁이고 떠나네요

온종일 누군가를 기웃거리다
어둠이 깃들면 눈물 되어
세상사 이러면 안 된다고
밤새 조잘대다
아침이면 이슬 되는 풍경

아련히 잊혀가는 추억
그 향기 그리워
나도 이슬이고픈데
어쩌면 설레는 햇살

봄빛 3월의 편지
그 봄소식에

살포시 속삭이는 말참견
너는 누구

세상 모두가
웃는 꽃이라면
우리의 삶도
밝은 화원일 텐데

3월
봄빛 가득한
그리움 건네는
내 마음일 것 같아요

세월

엄마는 동백기름으로
곱게 머리를 빗고
동동 구르므 찍어
얼굴에 바르고
향긋한 백가분통 열고
뽀얀 얼굴 두드리셨지요

서리 낀 눙근 안경
옷고름으로 닦아
정성스레 쓰고
농짝 깊숙이 숨겨두었던
비단 한복 꺼내 입으셨어요

엄마는
오늘 입학식에 처음 입고 간
내 교복 구겨진 하얀 카라
물수건으로 주름 펴고
실 풀어진 단추
단단하게 매어 묶고

삼 년 아껴 입으라고
시장서 사주신 교복
커서 헐렁한 바지
허리끈으로 졸라매 주시고
다섯 구멍 교복 단추 채워주셨지요

긴 소매 손등 위까지
걷어 올리고 오른쪽 가슴에
새하얀 손수건
곱게 접어 달아주셨고

물기 남은 수건으로
내 얼굴 문지르시고
삼성 국민학교 모표 달린 모자
상고머리 끝 조금 보이도록
약간 들어 올려 씌워 주셨어요

엄마
우리 어디 갈 꺼야
니캉 내캉

백화사진관에
사진찍으러 갈라 안카나

그케야 다시 전쟁 나가
서로 잃자 뿌려도
언젠가 서로 찾을 수 있제

그카고 쐬메하던 내 새끼
이래 커가 학생 됐으니까는
기념사진 박아
벽에 걸어둠 얼매나
멋있겠노

그날 난
엄마 어깨에 머릴 기대고
함박웃음 지으며
엄마랑 사진을 찍었지요

할아버지
이 아줌마 누구야

형아가 왜 아줌마랑
사진을 찍은 거야

이 아줌마는
할아버지 낳아주신
할아버지의 엄마시고
이 형아는 할아버지
어릴 때 모습이야

아직도 내게는
생생한 기억인데
육십 년도 더 지난
사진 속의 이야기
이것이 세월인가 봅니다

비 오는 창가에 서서

갑자기
봄비 내리던
외로운 밤이 그리워지네요

그 시간 속에
담겨 있는 미소
세월 속에
묻어둔 그리움

분명
날 사랑한다는
표정을 읽고도
외로워 울던 청춘은
어느 시간
어느 공간 속으로 사라졌나요

세월이라는
무심한 인생의 덫
내 스스로
결정한 후회스러움에

돌이킬 수 없는
아픈 기억들

주름진 이마에 새겨진
그 추억은
나만의 야상곡이었을 텐데

오늘
그 밤 봄비가
그리워지네요

봄의 불청객

카펜터스 음악이
들려오면
그리움이 찾아들지요
또 하나의 목소리와 함께

가슴 깊이 묻어둔
추억인데
새삼 그 시절이 다가오다니
그 목소리가
가슴에 숨겨둔 사진이
보고 싶다고 속삭이네요

물오른 나무 기둥 사이로
어색하게 마주 서 있었고
슬그머니 용기 내어
직지 손가락을
그녀의 손등 위로
올려놓았더니

누군지

기억 없는
친구의 손 카메라로
찰칵 찍히게 된
그 사진

깔깔대던
그녀 친구들의
갓 스무 살 웃음소리
민망해진 그녀는
나무 뒤로 숨고
나는 변명했는데

그때 교내방송으로
들려오던
추억의 노래
봄이면
그 그리움이 찾아오지요

시간의 정서

사무치게 그리운 이도
원치 않는 만남
그 머뭇거리는 시간의 길이도
분명 생존의 시간 비율마냥
일정해야 할 텐데

카이로스의 시간적 정서는
길이와 높낮음이 다르고
삶이라는 평면 넓이가
비일정하네요

어찌
세월의 길이를
태양력에 의존할 수 있을까
어찌 세월의 넓이를
함수로 측정할 수가 있을까요

삶의 고독 또한
기폭의 높낮이가 매일 달라지는 법
울고 웃는 감정을 측량하는

띠 그래프의 곡선 같은 것

그것이 인생이라
아무리 우겨도
어떤 전자측정기를 움직이듯
전능자의 주권 아래
내가 존재함을
어찌 부정할 수 있을까요

다시 이집트 여행을 가다

스쳐 지나는 바람도 물 위에 떠가는 꽃잎도
시상을 떠올리는 존재감이 있음인데
어쩜 내 일상은 그냥 허무한 바람인가

일과 사랑에 행복함 없는 나의 일상이
서러워 나는 다시 이집트 여행을 떠난다

마사 메데리오는 내게 이렇게 말했다
우리 서서히 죽어가는 것을 경계하자
여행하지 않는 사람 책을 읽지 않는 사람
음악을 듣지 않는 사람
자기 안에 이런 변화를 가꾸지 않는 사람은
죽어가는 사람이라고

젊음은 갔어도 사라지지 않는 청춘이기에
세월의 용기를 내어 머물 수 없는 바람이고 싶어
문명의 기원을 찾아 떠나는 발걸음으로
나는 다시 이집트 여행을 떠난다

인류의 문명 그 기원전 족적을 살피다 보면

어제 오늘 그리고 내일이 보이겠지
그건 덧없는 소비가 아닐 거야
분명 내 인생에 또 다른 더함을 가져다 줄 테니까

지루한 일상이고 싶지 않아 시간의 역사를 찾아
나는 다시 이집트 여행을 떠난다

___ 제2부
세 송이 카네이션

세 송이 카네이션

언제나 이날이 오면
난 가족 몰래
세 송이의 카네이션을 사지요

두 송이의 카네이션은
하얀색으로

한 송이의 카네이션은
빨간색으로

하얀 카네이션 한 송이는
어머니
나를 낳아주신 어머니
힘든 삶의 여정을
어린 가슴에 눈물로 남겨 두고 떠나신
우리 어머니를 위해

또 한 송이 하얀 카네이션은
아버지
어머니에게 사랑의 선물

남겨주시고
어느 전선의 계곡에서
메아리 되어 바람처럼 떠다니실
우리 아버지를 위해

그리고 남은 빨간 카네이션은
아버지 대신 어머니 대신
나를 양아들로 키워주신
백 세 넘으신 우리 교회 원로 목사님
그 어머니를 위해

왜 사랑은 눈물일까요
그 사랑으로 얼룩진 세월
그 기나긴 눈물의 추억을 되새기며

나는 바람 부는 언덕에 올라
세 송이 카네이션 꽃잎을
날려 보냅니다

그리움

봄을 그리워하는 사람에게만
봄이 찾아오고
님을 그리워하는 추억 속에
사랑이 찾아옵니다

여름이 싫을 수 없지만
더위로 맘이 지친다면
굳이 여름과 맞서지 말고
첫사랑 여행지로 떠나보세요

가을에 울먹이는 그리움도
마찬가지
흘러간 세월 속에
지울 수 없는 아픔이라면
그 추억의 장소로 여행하세요

차라리 겨울을 기다리다가
흰 눈 내리는
도심의 거리를 걸으며

울먹이는 풍경도 멋스러워요

어느 조용한 카페에
홀로 앉아
추억의 시간과 마주하고
따뜻한 아메리카노 한 잔
그리고
문득 창밖을 내다보면

봄이면 봄의 모습으로
여름이면 지친 모습
또 가을이면 낙엽을 밟고 서 있는
그대의 모습이 보일 거예요

겨울이면 창밖에 휘날리는
슬픈 눈 내리는 풍경도
보이겠지만

수레바퀴

봄이 오는 길목에서
어제는 겨울이 보이고
오늘은 여름이 보이는
기상 변화가 너무 심술궂네요

태극기 부대의 함성도
탄핵의 행진도 모두 멈추어진
빈 도심의 거리엔
누구의 침묵도 눈물입니다

분명 내가 살아가는
인생이건만
나는 선택의 여지도 없이
겨울이면 겨울로
여름이면 여름으로

그냥 봄꽃을 기다리며
한숨 짓다가
덧없이 세월 보내버리니

이 가슴 속의 외침은
누구를 향한 구호일까요

오른손 들고 빙빙 돌다
왼손 들고 빙빙 도는
뒷걸음 앞걸음 걷다 멈추고
손뼉 치는 우리네 인생은
그냥 수레바퀴

정말
봄은 오는 걸까요

달동네

해 기울고
어둑해진 골목길

동네 어르신
나이 순서대로 집집이
전등불이 켜지고

오늘도
무거운 발걸음
내일 하루를 시름할 때
울컥 치밀어 오르는
서러움

오르는 길보다
더 비탈진 골목 끝에서
가슴 쥐어짜는
울 엄니 신음소리
사거리 예배당 종소리
함께 들려오고

동네 언덕배기
세찬 바람에 웃음 날려 보내고
다닥다닥 하꼬방 지붕 밑에
잠드는 성남동 산 7번지

만원 버스 흔들림에
졸다 온 초저녁 잠
행여 밤샘에 늦잠 들면 안 되는데
내일은 엄마 위해 붕어빵 한 봉지라도
사 들고 와야겠다

가난한 어둠 길 비춰주는
달빛 아래
모두가 고향 그리워하며
잠드는 동네

6월

아주 갈 수도 없고
벌써 올 수도 없어
보랏빛 꽃향기로 머무는
당신의 꽃말은 라벤더

슬픔의 가시 감추고
빵긋 웃어야 하는 장미처럼
밟혀 뭉개진 사리에
향기를 토해내는 백합처럼
세상 눈에 띄기 싫어
어느 담장 밑에서 소근대는
데이지처럼

그런 눈물과 상관없이
가버린 님 아쉬워 울고
오는 님 설레이는 그리움에
꽃이 된 사랑이야기

정결한 몸가짐으로
엷은 자줏빛깔 감추고

내 가슴에 잔잔한 향기로
다가서는 신부처럼

그런 설레임으로 오다
발걸음 멈춘
6월이여

그대여

가끔은
그대 있음을
느낄 수 있도록
고운 향기 놓고 가세요

비록
만날 수 없는
그리움이리도
언제나
내 곁에 머문다는
약속일랑은
두고 가세요

흔적 없는
바람처럼
가슴 스치고 가는
그 빈 자리에
언제나 아쉬운
흔들림
살며시 보이지 않는

그림자로
드리워집니다

가끔은
그대 향기
잠깐이라도
내 짧은 기억 속에
남기고 가세요

첫사랑

그리움인가
오랜 세월 비어있는
내 가슴에
너를 품고 울고 싶은
그리움인가 봐요

따스한 봄 햇살 같은
생각만 해도
떠오르는 가는 미소
내 살아온 긴 터널 속에
스르르
주저앉는 눈물

비어있다면
그곳으로 달려가
머물고 싶은
내 소유의 추억들

하얀 눈길
정겨운 겨울 풍경

내게 남겨준 그 눈빛
가슴 일렁이는
그리움인가 봐요

머물고 싶은 추억들

햇살 번지는 청춘
빗소리에 미소 짓는 거리
낙엽 지는 들길 웃으며 걷던
첫사랑 그 풍경 속에
머물 수 있다면

엄마 목소리
선생님의 칭찬과 꾸지람
텅 빈 예배당의 기도소리
사춘기 그 설렘에
듣던 청춘가요
그 소리에 머물 수 있다면

하얀 웨딩드레스
사랑의 부케 들고
내게로 다가오던 나의 신부
우리 아가의 첫 울음소리
어머니 회갑 때 꽃밭에서
깔깔대던 아이들과 찍은 가족사진
카네이션 달아주던 제자들

그 시간에 머물 수 있다면

세월의 바람
점차 잊혀져 가는
나의 망각 중에도
그것들만큼은
그대로 머물러 주면 좋겠네요

엄마의 노래

가끔
엄마 생각날 때면
나는 엄마가 불러주던
그 일본 엔카
한 소절을 따라 불러요

오도코 고꼬로니
이깨야 도께아니 아사이 기야나

어린 나에게
엄마의 노래는
노동에 지친 피곤함
지독한 가난
병든 육체의 아픔
홀로 자식을 남겨두고
떠나야 한다는
그 이별의 슬픔이었지요

애절한 목소리
그 나지막하게 부르던

엄마의 노래를 따라 부르다
엄마 왜 울어 엄마 웃어봐

내가 훌쩍 커서
아니 훌쩍 철이 들어서
엄마 나이만큼 되어서

그 눈물
그 짧게 기억나는 엔카를
나지막이 부르다
나도 그만 소리 내어 울었어요

저녁노을

눈빛만으로
사랑의 깊이를

삶의 표정만으로
필요를

호흡만으로
서로의 건강을
느낄 수 있는 우리

오늘 베란다로 나와
저녁노을을 바라봅니다

서로의 눈동자에
노을빛 담겨 있고
햇살 가득한 표정으로
우린 미소를 지었지요

여보 긴 세월 그 먼 길

우리 함께 걸어왔구려

이제 우리
남겨진 눈물 마저 흘리고
세월이 멈춘다면

서로에게 밤하늘 별이 되면
좋겠어요

하늘 저편 어딘가에서
반짝이며
꼭 인사 나눕시다

7월

봄빛으로 잉태된
새색시의 수줍은 살 오름
맹꽁이 배부른 머슴 배 마냥
벌써 푸르른 녹음으로
시아버지 가슴 설레이게 하는
7월

둥근 달빛 아래
촉촉해진 장독대에서 들리는
시어머니 기도소리

빗살문 안쪽
초롱불 아래
누워 있는 새색시 배
토닥거리며 히죽대는
어린 신랑의 그림자 보고
개골 개골 울어대는
개구리

풍경소리 어우러진
그 밤처럼
더위 먹은 7월이
성큼 다가섰어요

달그림자 되어
살포시 이슬에 젖어
고개 숙인
도라지 꽃이 피는
7월

대서大暑

폭염이 두 번의 윤달로
더 달구어진 금년 여름

칠월과 팔월
그 사이에 머뭇거리며
오도가도 못하는 얄미움

춥다 덥다 육체적 감각은
이미 의미가 없고

어제 오늘 염치없는 더위로
내일이 싫어지는 이 시간

구름 저 편 뒤에
몸 가린 계절 바라보며

어서 소낙비라도 내려
저마다 갈 길 찾아
내 곁을 떠나주면 좋겠다

청마골

소리 없이 피어오르는 물안개
살포시 나를 바라보며 침묵하는 강
왜 이제 왔느냐고 눈 흘기며
비상하는 가을 새
끼르륵 울음을 토한다

초겨울 강가에 서면
바람이고 싶어 돌이고 싶어
조약돌이 된 숨겨둔
사랑 이야기

산비탈 농막에 기우는 햇살
텅 빈 폐교 교정
이슬에 으스러진 낙엽
우수수 떼 바람
자진모리 음악을
들려주는구나

세월의 강

울 엄니
한국전쟁 중에 아버질 만나
혼례 치르시고

사흘 동안의 신혼생활
그리고
전선으로 떠나신
울 아버지

새벽안개 자욱한
고향 산마루
꼭 살아 돌아오시라고
손 한번 마주 잡아보시고
영영 이별하신 눈물

울 엄니
한평생 그리움에
홀로 걸으신 외로운 길
잊을쏜가

울 아버지가 남겨주신

나를 태중에 안고
피난길 눈밭에서
날 낳으시고

해처럼 달처럼
자신 목숨보다 더 귀하게
날 보듬고 사신 세월
육십 년
그리고 울 엄니
아쉬운 눈물 흘리시다
눈을 감으셨다

돌아가시기 전날 밤
울지 마라
난 보고픈 니 아버지 곁으로
다시 시집가는기라

애비 없이 자란
니 신세 억울 안 하나
그거 풀라카믄
느그 자식들한테

잘 하거레이

내 하늘에서
맨날 내려다 볼 테니까는
남 맴 아프게 하지 말고
옳케 살아서
우리 모다
천국에서 다시 만나가
원 풀고 살아보자카이

상여 떠나는 날
나보다 더 섧게 울던
울 엄니 어린 두 손자 녀석들

세월의 강물 따라
이제 아비가 된 그들
즈그 자식들한테
증조할머니 이야기 들려준다

전설이 되어 버린
울 엄니

아직도 흐르는
그 눈물 가슴에 묻고

문득 밤하늘
홀로 떠 있는 달 쳐다보면
내 설움에
눈물이 난다

______ 제3부
옥합을 깨뜨리며

눈물

야 야
이 에미 목소리 들리걸랑
한번 새 되어 내 머리 위로 끼르륵 날아가 봐라

쾨매하던 널 가난혀가 굶겨 키운 기억 밖엔 없는데
원제 커가꼬 니 시집가는 날
허연 드레스 입고 즈그 신랑 곁으로 다가설 때
지거이 복이세 했는데
우덜 팔자엔 복이 과분한 사치였던겨
이자 웬만허니께 이거이 다 뭔 일이다냐

아는지 모르는지 놓고 간 갓난 느그 새끼
닐 찾으며 우니께
에미 가슴 찢어지는데
니 시집가던 날도 내 껴안고 울었쟈
에민 이쟈 어떤 눈물도 다 징글맞고 싫응께

느그들도 새끼 보고잖다고
울지 말고 하늘 가걸랑
얼라 가슴에 눈물 고이지 않게

별이 돼 주고 바람 돼 주고 햇볕 가려주는
그늘이 돼 주면 쓰겄다

그리 약속할 수 있쟈
그럼 말이다
이제 우덜 눈물 몽땅 싸가지고설랑
하늘 높이 날아 가그라
알었쟈
훠어이 훠어이

(무안 공항 참사 어느 유가족의 눈물)

청춘의 걸음

세상이 빠르게 변화하는 것이지
내 인생이 빠르게 변화하는 것이 아니잖아

빠른 세상에서 변화를 추구하려면
내 청춘의 걸음이 느려야 해

변화의 가치를
상관하기 위해서는
청춘의 시기를 돌이키던지
청춘의 시간에 머물러야 한단다

급한 마음일지라도
달리는 기차는
예정된 시간에 도착하는 법
너의 무엇이 조급한 걸까

세상이 불평스러워도
빠른걸음으로 다가갈수록
더 뒷걸음치는 세상의 이치

그것이 공평이고 진리이니까

빠른 변화의 가치를 소유하려면
내 청춘의 걸음이 더 느려야 해

몽산포에서

지척에서
갯벌 체험하며
깔깔대는 아이들

하늘, 바다, 해변가
내 가슴에
행복이 전해오는
저 풍경 속의 웃음소리

도란도란
내 품에 안겨오는
저들의 맑은 눈동자

나로 인해 태어나
이 세상을 살아가는
내 기쁨 내 사랑

아 내게 이런 한적한
시간도 있었네요

기쁨이라는
행복이라는
사랑이라는 포근한
해풍이 불어오는
이런 시간이

감사

새벽기도회 마치고
차 안에서 듣는
FM 98.5 클래식 음악으로
하루를 여는 이 아침

어릴 적
가난의 추억을 떠올리면
나의 나 됨은 하나님의
은혜이지요

어머니의 눈물을
긍휼로 여기신 주님
그 축복을 대물림해 주신
은혜 감사하는 이 아침

죽음 앞에 선 이들의 기도
그 소소한 바람이
우리에게 주어진 일상이라면
우린 무엇을 더 바라야 할까요

더 이상
가식적이지 않고
위선적이지 않는
내 모습으로 살아감이
또한 나의 행복
이에 나는 감사합니다

산다는 것이
살아있음이
인생 사계절 그 자체가
내 아름다운 삶의 풍경이니까
그것이 그냥 감사이지요

탄식

오는 시간 서럽고
가는 시간 너무 야속한 눈물입니다

1과 2 사이에도 무한대의 수가
존재하는 것처럼

우리의 짧은 하루도
어찌 많은 한숨 뿐인지

설움과 야속한 눈물
그 인생은 지혜가 부족하여
거룩하신 자를 아는 지식도 없고

바람을 그 장중에 모은 자
땅의 모든 끝을 정한 자를
알지 못하고

1, 2, 3 숫자에만 민감한 오늘
하루 또 지나면
늘상 그렇듯 탄식입니다

낙엽

촉촉이 내 가슴 적시는
가을 비
불어오는 찬 바람
허무해진 내 모습은
벌써 허공을 날고

이런 계절에
문득 그리워지는 얼굴
아직은 사랑이 아닐 거야
그냥 지금이 좋은 거지
그 목소리
에코처럼 들려오고

그런 인연
그 철부지 연애시절
무슨 진실이라고
아직도 그리움 되고
가을비 찬 바람 되어

여전히 흔들리는

기억 속에서
허공을 헤맬까요

꿈으로 재현되는
그 기억 때문에
가끔씩 일상에서
데쟈브를 경험하는
기을연가

그것도
내 인생에 머물러 있는
낙엽입니다

청춘행진곡

오늘
나보다 대여섯 살 더 많은
선배를 만났어요

우리는
변두리 카페에서 커피를 마시며
흘러가 버린 세월 속에
묻어둔 추억들을 꺼내들고
옛 이야기를 나누었어요

창 밖엔 빗방울이 떨어지고
시간의 순리도
이야기 속에 스며들어
어제가 오늘이고
오늘이 내일 되어
서로가 비에 젖게 되었지요

오십 년 긴 세월
훌쩍 건너 뛴 시절
문득 추억은 그 청춘은

여전히 우리들의
현재 진행형이었던 거죠

몰려오는 그리움 뛰는 가슴
이 시간이 사라져도
청춘의 심장은
영원한 미이라가 될 것 같아요

오늘
나는 대여섯 살 더 많은
선배를 울렸고
그는 대여섯 살 더 어린
나를 울렸어요

비는 창 밖에 내리는데
우리는 흠뻑 젖은 채로
청춘행진곡을
불렀던 거죠

인생 구구단

내 어린 시절
주님은 나를 참 이뻐하셨어요
아버지를 그리는 눈물에도
하나님이 내 아버지라고
말하는 그 어린 아이를 두고

내 소년 시절
주님은 늘 나를 기뻐하셨어요
가난 속에서도 감사하는
마음으로 기도하는
어린 소년이었기에

내 청년 시절도
늘 함께하셨어요
세상 감정에 흔들리지 않고
내 겸손한 의지에
주님은 늘 웃으셨다고
남들한테 들을 수 있었거든요

내 중년 시절은

가끔 침묵하셨어요
주님을 핑계 삼고
무질서한 세상 허우적대는
나의 두 얼굴 표정에
아마도 침묵하셨던 모양입니다

중년이 지나는 세월
이느 닐부터 주님은
가끔 속상해하셨어요
항상 당신의 뜻을 앞질러 가는 나를
그래서 가끔씩 나를 외롭게 하셨지요

인생 노을빛에 초라해진 지금
일절 참견이 없으시네요
나 스스로 알아서 하라시는지
많이도 서운하신가 봐요
누구도 이런 이야길 해 주질 않거든요

새벽 기도

부족한 잠 설쳐대며
몇 번씩
야광 시계에 눈길 두다가
겨우 일어난 이 새벽인데

행여 졸린 눈
염려하는 아내 목소리 뒤로 하고
달려온 이 새벽 길인데

먼동 틀 때
빛 가장자리에 머물러 있는
검은 구름처럼
내 하루 그 어둠 벗겨내고자
결단하고 온 이 새벽인데

두 손 모으고
마음을 집중하고
나는 나의 무얼 위해
나는 남의 무얼 위해
이 새벽을 깨우는

첫 번째 기도가 되어야 할까

경건한 삶을 간구하는데
태극기 집회 함성이 들려온다

건강한 치유를 기도하는데
YTN 뉴스 자막이 겹쳐온다

용서를 구하며 회개하는데
히죽대는 꼴보기 싫은
정치인들의 헛소리가 메아리친다

몇 번씩이나
주기도문 외우며
기도에 집중하려고 애쓰다가
그만 이 새벽을 깨우고
말았다

옥합을 깨뜨리며

사람 이름 깜빡할 수 있는
나이가 흉이 아니듯
사랑에 빠진 젊음이
무슨 흉이더냐
내가 할 수 없는 사랑을
저가 할 수 있음이
아름답지 아니한가

계란 한 알
먹을 수도 있지만
부화하면 더 아름다운
생명이 나타나듯
내 삶이 넉넉지 않다고
베풂에 인색하면
여전한 가난뱅이가 되듯

내 거동 힘들다고
나눔에 동행치 않으면서
삶의 기적을 바람이
온당치 아니하던가

친구여
우리의 옥합 깨뜨리고
서로 감사하며 만족하자

우리의 주검 앞에
울어줄 이들이 있다면
지금 울고 있는 내 눈물일랑은
그 눈물로 대신하고

옥합을 깨뜨려
비싼 향유를 드림이
무슨 비난 받을 일인가
돈의 가치와
생명의 가치를 모르는
너 유다여

원죄原罪

삶의 초점이 실존적 가치에 기울어진
갱년기 이후의 나이여도
여전한 자아의 선택은
일상의 만남에
손익분기점을 셈하네요

어떤 우연 속에 만난 인연도
본 듯 아닌 듯
희미한 데자뷔의 기억만을
되새기며 마음의 문은
여전히 닫혀 있네요

인생이라는 삶 속에서
하루를 기억하는 그 모든 기록은
영원할 수 없잖아요

비록 열정 아닌
스치는 사랑일지라도
내게는 이성과 감성을 조율하는

냉정 속에서의 게임 같아요

우정이라는 친절한 언어조차
외로움에 지친 시간 속에서는
지워지는 단어일 뿐
유익과 무익의 이기적인 판단이지요

아 어찌 이럴까요
본능에 내재된 속성이
아직 지워지지 않은 원죄 때문인가요
이러는 내가 싫고
이러는 세상 모두가 정말 싫어지는
세월 때문인가요

신앙 고백

한 번 하나님께 밉보이면
인생 아무리 발버둥쳐도
영원히 어그러지는 걸까요

선악과 한입 베어 먹은 이상
악의 입맛은
여전히 남아 있는 것처럼
정녕 돌이킬 수 없는
인생이어야 할까요

점점 짧아지는 내 인생
그 조급함에
용서를 구하고 회개하지만
여전히 작위적인 기도였지요

지속성이 약한
그 몇 번의 입술 고백
재생의 여지없이
심령조차 공허하다며

날 찾아온 오랜 우정 나눈 후배

그의 눈빛 속에서 내 모습이 보였어요
나 자신 심판만큼이나 두려워했던
그때 일들을 생각하며

그 물음에 답을 할 수 없었어요
아직도 자신없는 내 위선적인
죄성 때문이겠지만

위로

배고픔에도
참아야 하는 때가 있고
참지 말아야 하는 판단이 있듯이

그리움에도
눈물로 정화할 수도 있고
웃음으로 치유할 수가 있더군요

사랑의 표현도
말로서 드러낼 수 있고
침묵의 눈빛으로 전할 수 있듯이

행여 미움이 있어도
애써 드러내지 마세요 관심이 사라질 때
조용히 떠나면 되니까요

사람 사는 세상에는
당신이 느끼는
미운 얼굴 고운 얼굴

삐뚤어진 마음 착한 마음이 있듯이

당신을 생각하는 마음에도
그리움이 있고
애써 마음을 지우는 이가 있어요

뒤돌아서는 당신의 발걸음에
사랑의 발자국만 남기세요

사람이기에
오가는 길 모두가 험난하다고 해도
그것을 삶이라 여기신다면
당신은 인생입니다

9월

9월은
늦더위와 이른 찬 공기가
구절초 잎새 사이로
일렁이는 변덕스러운 달

하마터면 잊을 뻔한 그리움에
화들짝 놀라 잠 깨어난
오후의 기지개

떠나버린 님
실없는 변명이 야속하지만
구멍 뚫린 담장 아래로 빼꼼히
님 가신 길 쳐다보는
패랭이꽃처럼 외로워지고

천천히 짧아지는 해 길이
그래서 그리움으로 하늘 저편에
새기는 이름들

또다시 기지개 켜는

게으름으로 멍하니
이미 푸르러진 가을하늘 쳐다보는
백수 같은 달이여

___ 제4부
세상에 외치다

새벽에 드는 잠

아침 일터에 분주함 없는
백수 인생이니까
밤새 서재에 홀로 앉아
이런 저런 잡념으로
긴 시간 보내고

평범했던 일상이
내게 주어진 최고의 선물임을
알지 못했던 그 미련 떨구고
공허함으로 시작되는
밤 시간

사방이 잠잠해지고
고요 속의 성찰
혼자만의 정직한
그 가식 없는 순수함
보석 같은 시어들을
떠올리고

세공사처럼

글 다듬고 깎아 내는 일이
게눈 감추는 입맛처럼
맛있고 멋있고
보람스런 행복이라 생각하고

그렇게 밤 지새우다
드는 새벽 잠자리
감사합니다
감미롭고 정직한
내 기도라서
참 좋고

10월

유독 그리움에
고독해지는 달인 것 같아요

무심했던 길섶의
맨드라미를 보아도

재잘대며 스쳐 지나는
소년들의 웃음소리

때론 역 플랫폼에서
친구를 기다릴 때도

찬바람에 옷깃 여미며
들어서는 포장마차에서도

떠오르는
얼굴들이 있어요

긴 세월 속에 묻어둔

그리움이 추억 속에 갇혀 있다가

꼭 이맘때쯤이면
그 문이 열리는가 봐요

언어의 습관

폭우가 쏟아지면
빗방울의 추억을
폭염이 내리쬐면
더위의 낭만을
언제나 찾아오는
계절인 걸요

우리네 일상이 힘들다고
무심코 내던진 한마디
하늘이 듣고 땅이 듣지요

이왕이면 하늘이
미소 짓게
땅이 노여움 없는
고운 감사
매번 그렇게 살아간다면

내 삶이 저절로
더 풍요로워질 텐데
그것이
큰 축복일 텐데 말이죠

내가 그런 사람

수군대며 험담하는 버릇
허영과 질투 속에 비판하는 목소리
배신자 변절자라고 욕을 하는
내가 그런 사람이었나 봅니다

오만과 독선 그 베풂없는 인색함
나 손해보면 안되고 남에게 부담을 주는
내가 그런 사람이었나 봅니다

세월이 가네요
인생도 따라 가네요
왜 이 부질없는 속성으로
스스로를 파멸시켜 왔는지요

믿음 있으라 사랑 있으라
가식적인 외침이
위선적이고 정직함 없는
내 일상에 늘 양심의 꼬리표 되어

나는 곤고한 나그네 되고

사망의 골짜기에서 허우적거리며
누군가 날 건져주길 기도했어요

착하디 착한
희고 흰 그 양심의 모습을 꿈꾸며
사랑이라고 진실이라고
자신있게 웃던 그 언어들도
모두 허영된 거짓이거나 변명
세월이 그걸 증명해주더군요

내가 그런 사람이었나 봅니다

세상에 외치다

남을 험담하며 거짓 소문을 만들어 히죽대며
그것을 동정하는 듯한 위장된 언어로
남의 가슴에 못질하는 가증스런 입술의 좀비들

화의 근간을 알고도 희열을 느끼며
작은 허물 부풀리고 기어이 남에게 상처 주는
파렴치한 조작의 좀비들

내 일시적 쾌락을 위해 남의 눈물에 배려함 없이
사랑이라는 거짓 이름으로 남의 침상을 더럽히는
저질스런 음란한 좀비들

자기 소중함을 위해 남의 소중한 가치를 강탈하며
위장된 언어와 친절로써 가난한 사람들 목에
피를 빨아대는 사기치는 못된 좀비들

자기도취에 빠져 위선의 눈물까지 흘려가며
정의로운 사도인 양 선량한 민심을 교란시키는
선동적 정치를 일삼는 여의도의 좀비들

세상을 향해 외친다 너희 마음에 하나님이 없구나
하늘의 심판이 그 위에 머물고
땅의 심판이 그 뒤에 임한 줄 모르는
인간 가죽 뒤집어쓰고 사는 세상의 좀비들이여

세찬 소낙비 쏟아질 때 잎새 뒤에 숨어
추위에 떠는 참새 같은 난민들
동성도 위로도 없는 그 서러움에
날개 찢긴 배고픈 아이들의 눈물이 보이는가
교회 종탑 위에 걸린 십자가
그 침묵하는 십자가의 의미를
정녕 알고 있는가

인생 여정

아직은 청춘 나이로 편 가르지 마세요
세월은 시간의 흐름
속도감 없이 빠르지만
달리는 인생 객차 안에는
인생 모두가 동행인
각자의 종착역에 내릴 때까지는

70이라는 세월 그 잠깐의 허무함
동유럽 여행 때 친구들과의 수다
인생 70 그 청춘의 걸음이라 했는데
70 고령 그 인생 놀이라니
변덕스런 시집 제목이
인생의 나이던가

날로 커가는 사랑하는 손자들
I'm morden boy 했더니
막내 손자 깔깔대며 발음이 웃긴다나
그래도 니네는 행복
할아버진 할아버지의 아버지
할아버지의 할아버지 얼굴조차

기억이 없어

인생 아직 남겨진 그 세월을
어찌 보내야 할까
내 지나온 세월 속에
아쉬움 두고 사라진 얼굴들
그들 만나러 정처 없는 여행을
이제 슬그머니 준비해야 하나

혼자 써보는 잠언

세상이 더럽다 하지만
아름다움이 더 많아요

삶이 어렵다 하지만
눈물 아닌 것 어디 있나요

인생 쉽게 살고 싶지만
매 순간이 더 소중한 거예요

흘러가는 세월에
고난 없는 인생 있던가요

삶에 지친 눈에 비추이는
밤하늘의 별들
때때로 울고 웃음지으며
노래하는 아이들

어머니의 주름진 얼굴
그 사랑의 도그마

얼마나 아름다운가요

모두가 눈물일 것 같지만
웃음이 더 많아요
피할 수 없는 숙명이라지만
돌이켜보면 축복입니다

삶의 소중한 가치가 무언가요
우리들의 인생사
눈물이 정상이고 웃음은 보너스
가난이 정상이고 부요함은 축복
불평이 정상이고 감사는 선물

하늘의 형상대로 지음 받은 인간 모습
삶에 감사하고 세월에 감사하고
인생에 더한 감사로 살아감이
생명 존재의 진정한 가치입니다

정리하기

물거품 같은
과거로의 시간 여행
소중한 오늘이 소비되는 것 같지만
당신의 기억 속에 머물고 있는
추억들을 정리하세요

지나온 시간의 경험이 소중해도
추억은 과거가 아닌
오늘도 머물고 있는 존재입니다

그리움만 있는 것이 아니잖아요
일상의 행복은 과거의 결산 없이
오늘에 머물 수 없는 법

일그러진 부끄러움이라면
하늘을 향해 용서 구하고
못내 잊을 수 없는 눈물이라면
가슴에 묻어두세요

상처라면 지금 치료하고

축복이라 생각되거들랑
두 손 모아 감사하세요

내 살아온 인생의 시기를 구분하고
하나씩 생각을 일깨워 보세요

오늘 하루가 가벼워질 거예요
내일이 와도 행복해질 거구요
생활의 지혜인 것 같아요

피타고라스 삼각함수

내 소싯적 어머니의 눈물을 통해
가난이 무엇인지를 깨닫기 시작한
조금 일찍 눈뜬 인생의 자각
나름 철학적 생각에 머물러
왜 사는 걸까라는 질문을 해보게 된
내 나이 열두 살

그때 깨달은 내 인생 걸음걸이
인생의 곧은 축 사회의 바른 정의
삶의 도덕성 신앙적 진리 추구
이 모든 생활의 원칙을
90도 각도 위에 놓고 세상을 바라보았어요

훗날 다시 철든 배움으로
바라본 역사의식 이념적 사회 통찰력
내 곧은 90도 각도의 신앙 의지가
그 반대편에 변이된 세상 고난의
인생 길이를 두제곱해 보니
나 아닌 다른 인생들의 두제곱 합도

같음을 알았던 거지요

인생의 모양이 보였어요
사는 삶 모두가 그러함도 알았어요
거듭 거친 세상을 경험해보니
좋은 것도 나쁜 것도
행복도 불행도 가난과 부요함도
사랑과 미움까지 모두가
대칭적인 위치에서
내 인생의 각도 맞은편에
존재해 있음을 알았어요

다만 흔들리지 않는 90도를 기초하고
내 선택함에 따라
정사각형 직사각형 그 살아가는 모양이
다를 뿐이었지요
나에겐 그 초석의 그 90도가
하나님의 말씀임을 조금 일찍 깨달았던 거죠

회심의 기도

먼 길 함께 걸어온 친구보다
처음 명함 주고받은 이의 삶이
매력적이면 더 가까운 친구 되는
내 중심의 이기로서 셈본하는
그런 변덕스러움이 내게 있었어요

나를 위한 삶의 가치
남을 위한 공유의 가치
내 인생을 평가하는 객관적인
기준을 미처 의식하지 못했던 거죠

이제 삶의 길이가 줄어가는
시점에서 스스로를 평가해 볼 때
어느 노래처럼
나는 참 바보처럼 살았어요

반드시 해야 할 일을 다 하지 못했고
꼭 지켜야 할 규례도 범했고
나누어야 할 사랑과 베풂에 인색했어요

나부터 평가해야 할 가치를 남에게 우선했고
좋은 것만 취하고 나눔에 인색했고
이성 보다 감성을 앞세웠던
판단력 자만심 그 어리석음들

내게 히스기야처럼
내 인생 이십 년만 더 연장되어
옳은 것과 그른 것
나눔의 가치와 섬김의 가치
이기적일 수 없는 공의로운 판단

사랑의 성취 공유하는 기쁨으로
살아갈 수 있다면
내 마음에 시온의 대로가 있어
시냇가에 심기운 나무가 될 터인데

Miracle Concert

나는 어제 눈물을 억제하며
50년 전 소년이 연주하는 무대를 보았어요
가냘픈 몸 애처로움 안고
돌로로스라는 음악적 표현처럼
슬픈 눈을 가진 소년

그 매섭고 추운 날 이웃집에 방해된다고
슬래브집 계단 밑 연탄창고 안에서
바이올린을 켜던 소년

간식으로 건넨 컵라면을 주식으로 끼니 때우고
벙실대며 해맑은 웃음 건네주던 소년

매서운 눈초리로 호된 훈련을 강행하며
또래 소년 네 명을 함께 음악 지도해 준 선생님
턱이 뾰족한 날카로운 인상으로
속 정 감춘 파시즘 같은 안경 쓴 선생님
음악보다는 삶을 두렵게 했던 그가 지은
베데스다 사중주

추위 굶주림 그리움 장애 그리고 혹독한 훈련
그럼에도 은혜의 집이라는 베데스다
그 이름으로 음악의 꿈을 좇으며
그 시절을 헤쳐나갔던 소년

아직 인생을 알 리 없었지만
또래보다 한 살 더 위라고
늘 위로하며 챙겨주던 그 착한 소년
어느 날 안녕이라는 인사만 남기고 내 곁을 떠났지요

그럼에도 가끔 그리움에
마음으로 안부를 전할 때면
희한하게 기적처럼 날아온 소년의 소식

여전한 고독 가난 사회적 편견
좌절할 것 같은 그의 인생이었지만
청년이 된 그의 의지에는 시편의 노래처럼
시냇가에 심기운 나무였어요

그리고 뒤늦은 그의 사랑 이야기

또 축복받은 인생의 환희

지금 저 무대 위에서 지휘봉을 잡고
베토벤을 연주하는 그 소년의 모습
한국의 자랑스런 마에스트로 되어
우리 곁으로 돌아왔어요

베토벤 5번 교향곡 운명을 지휘하네요
그의 인생 이야기를 들려주는 것 같아요
그 소년 아니 이제 중년 노신사 된
그가 바이올린으로 들려준 마지막 앵콜곡
You raise me up
그 감동은 그의 인생의 여정을 들려준
그의 찬송이요 간증이었어요

그래서 오늘 이 연주가
Miracle Concert였던가 봐요

(차인홍 교수 연주회에서)

겨울 나그네

우리 나이의 웃음은 너털 웃음이 좋아요
웃음이 너무 올곧아도
너무 헤퍼도
안 되는 이유가 있어요

우리 나이 때는 살아온 자기 인생을
되새길 필요가 있지만
그 모든 기억들이
추억 밖으로 밀려나면
안 되는 이유가 있어요

우리 나이의 씀씀이는 손익분기점이 분명하여
누군가에게는 베풂이
누군가에게는 인색함을
그런 셈본의 원리만으로는
안 되는 이유가 있어요

우리 나이의 눈물은 보여도 안 보여도 좋지만
때를 가려 흘리는 눈물
그것마저도 알게 해서는

안 되는 이유가 있어요

우리 나이 때는 만나는 사람이 사랑
오늘 하루가 천국
어떤 웃음 어떤 눈물도 감사
얻음과 잃음조차 기쁨
살아 숨쉬는 것조차
축복이 되어야 하기 때문이지요

시온의 대로 걷게 하소서

한 포기 풀꽃도 씨 뿌린 후 한 달이면
꽃이 피는데

열두 달이 일 년이니
90년 그 긴 세월 속에
피고 진 꽃송이가 몇 송이던가

일년생 묘목노 땅에 심기어
90년 세월이면 커다란 고목이 되니
아 그 인생이랴

한 해를 지내도 비바람 불고
눈보라 몰아친 후 꽃 피고 열매 맺는데
긴 세월 속에 흘린 눈물
그 아픈 시련이랴

고목은 그늘진 쉼터를 제공하고
가난한 사람들 눈물과 한숨을 달랜다

고목은 그 슬픈 사연들을

듣고도 누설치 않고 가슴에 품고 침묵한다
고목은 태풍이 몰아쳐도 흔들리지 않는다

그 흔들림 없는 침묵 속에 지켜온 인내
그 숱한 사연들 모두가 어찌 알 건가
그만의 눈물인 것을

이제 시냇가에 심기운 늘 푸른 고목 되어
시절을 좇아 복의 싹 꽃 피우고
햇살 고운 시온의 대로를 걷게 하소서

당신의 눈물로 사계절
꽃이 피었습니다

(임대수 장로님 구순 축하연에서)

Merry Christmas

창밖에 눈이 조금 내리고 있네요.
Coffee 마시며 듣는 FM 93.3
크리스마스 캐럴이
너무 아름답습니다

벌써 한 해가 저무네요
언제나 이맘때쯤이면 느끼는 공허함
달려온 길이 너무 멀어서 그런가 봐요

가만히 생각해 보면
요즘 들어 많이 가난해진 것 같아요
건강도 가난해지고
친구들 소식도 그리움의 눈물도
사랑의 열정까지도

하지만 가난한 자들을 위해
이 땅에 오셔서 마구간에 누우신 아기 예수님
아 심령이 가난한 자에게
복이 있다 하셨지요

모두가 행복했으면 좋겠습니다
교회 안에서도 밖에서도
여당 야당 당사에서도
널판지 종이 깔고 자는 노숙인들도
새벽녘 해장국집 손님들도

시국은 어수선하지만
모두가 축복 속에
또 건강하기를 기도합니다
Merry Christmas

송구영신

서러운 눈물
멈추길 기도하며
한 해를 마감합니다

신년에
비추는 햇살은
모두의 미소가 되기를
기노합니다

이제
내 기억 속에 담긴
좋은 인연
나쁜 인연
연연치 않고

나의 나 됨을
감사하며
나는 낯선 땅에 홀로선
외로운 이방인처럼
살으렵니다

『당신 속의 봄』에서 만난
상생과 구도(求道)의 뮈토스

김충일(평론가, 문학박사)

"1과 2 사이에도 무한대의 수가 존재하는 것 마냥" 시를 쓰거나 읽는 일보다 훨씬 더 재미있고 더 가치 있는 일들은 우리 주변에 너무나 많다. 시가 아니어도 우리는 더 쉽고 흥미롭게 비일상적인 경험들을 누릴 수 있으며, 시가 아닌 다른 영역에서 인간의 존재론적 지평이 더 넓고 깊게 확장되는 것을 경험하기도 한다. 시를 읽는 이들이 점점 더 소수가 되어 가면서 시는 오직 시를 쓰는 그 자신에게만 고유한 가치를 지니는 것으로 축소되기도 한다.

이제 우리는 시를 통해 무엇을, 어떻게 할 수 있을까. 고유한 능력이 점점 축소되고 있음에도 불구하고 그 존재 자체가 무화되지는 않는다는 사실로서 자신의 가치를 가까스로 증명하는 소극적인 존재가 되어야 하는 것일까. 다만 오늘 온전히 그 자신의 가능성을 "창조적 질서"로 발산하며 우리의 삶이 구원될 수 있다는 믿음으로 '무엇인가 되어버린다는 것이 두려워 언제나 되어가는 도중에 있고 싶어 하는' 시인을 만나는 것만으로도 행복하다.

우리 모두에게 〈삶의 과거-현재-미래〉는 힘들고 외로운 질문으로 다가온다. 누구에게나 과거는 험한 사지였고, 지금은 막막한 들판, 미래는 노을 한 자락 묻은 채 저무는 바다가 될 것이다. 게다가 지금 우리의 삶에 과거 현재 미래가 따로 없기에 늘 삶은 홀로그리움으로 다가온다. 하여 곧 시를 쓴다는 것은 자신들의 살아가는 삶의 결, 무늬, 흔적을 형상화하는 일일 게다. '자기 삶의 형상화'를 위해, 즉 '자기 삶'을 마련하기 위해 과거-현재-미래의 소리에 귀를 기울이며 흐린 기억을 비집고 솟아올라 만물을 비추는 시를 쓴다. 그러다 보니 삶을 형상화시키는 시인 나름의 방식이 필요하다.

이때 도완석 시인은 "일상 속 시간(기억·추억)의 흔들림(겹침과 풀어짐) 속에서의 〈거듭남〉"을 통해 더불어 살아가는 이들이 짊어지고 가는 삶의 짐을 별빛 무게만큼씩이라도 덜어주려 한다. 그리하여 편안하고 부드러운 서정과 문명의 이기를 살피는 날카로운 지성으로 가볍게 날아오르는 한 마리 새가 되어 축제의 장으로 날아간다. 그 축제의 장은 고통을 축제로 고통을 행복으로 변형시키며 자유로운 비상과 초월을 꿈꾸고 생명의 발랄함이 춤을 춘다. 하여 그에게 삶과 숨과 시는 서로 떨어져 존재하는 것이 아니라 시나브로 일그러진 원초적 자아를 회복하고 생명의 숨결을 되돌이키기 위한 노력으로 접어든다.

서툴고 성급한 예단임에도 불구하고 서시와 57편의 시로 꾸며진 시인의 여섯 번째 시집 『당신 속의 봄』은 이미 제목 속에 그 '내용과 의미'를 폭 넓게 아우르며 우리 삶의 관심을 환기시키고 탐문하고 있다. 그 속내를 끄집어내기 위해 먼저 「서시」를 만나 그 세계의 안쪽으로 한 번 들어가 보자.

서시(序詩)

만약 내일 세상을 이별한다면 난 남겨진 미련으로 눈을 감지 못할 것 같다
삶의 인연을 끊지 못하고 가는 죽음, 그 허망함을 어찌 견디어 낼까 다행인 것은 그것이 만약이니까 지금의 난 아직 삶으로 존재하니까 깊은 밤 나를 사색해 본다

나는 내 삶의 세월 속에 어떤 흔적을 남겨놓았는가 내 운명에 어떤 존재적 가치를 보여주었는가 아직도 남겨진 인생의 미련은 피카소 그 3차원 초상화 같은 모습
내 삶에 숭고함, 정직한 진실이 있었던가 있었다면 자신하건대 두어 가지 뿐
가족에 대한 사랑, 연약한 신앙, 일에 대한 열정, 그것도 아주 가난한 모습을 가지고

살아온 인생에 담긴 아쉬움 뒤바뀐 인생행로 가족들의 장래 못다한 아내의 사랑
그리고 되돌릴 수 없는 청춘의 미련 같은 것 그 혼돈된

인생의 무질서 누군가 날 비난한다면 창조의 질서 속
에 발가벗겨진 내 인생 어떤 눈가림으로 숨어 살아서
일까

에덴의 동쪽, 내 삶은 언제나 그곳에 머물러 있었다 때
론 벧엘이나 갈보리로 외유하면서
아 감추어진 욕망 시들해진 믿음 내가 곤고한 자로구
나 사망의 고통에서 벗어나고 싶다
문득 떠오르는 한 단어 「회복」 믿음의 열정 온전한 사
랑 꾸밈없는 소망으로 가득 찼던 그 열정의 시간으로
나의 생각을 멈추고 침묵한다

만약 내일이라도 이별의 시간이 다가온다면 난 그분의
언약을 회복하며 살늘고 싶다
삶의 인연을 모두 맡겨둔 채로 그리고 미련하지만 아
직은 만약이니까 내 남겨진 시간까지 정직한 기억을
더듬으면서 기억 속의 남겨진 감성들을 그리워하며 시
를 쓰고 싶다

　먼저 도완석의 「서시(序詩)」를 주의 깊게 소리 내어 읽
다 보면 도저히 섞이지 않을 듯한 것들을 함께 반죽하
며 스스로를 몰고 가는 듯하다. 都 시인의 시 속에서 자
연친화적 감성에 밑자락을 두고 곤고한 삶, 옅어져 가는
관계의 내밀함, 감춰진 욕망의 비뚤어짐, 시들해진 신앙
(믿음)의 변색된 가치가 상응하는 장면과 마주친다. 말
하자면 자연 속 일상의 허허로움, 접하는 사물의 생기

잃은 구체성을 뚫고, 시인이 지향하고자 하는 "(삶, 사랑, 소망, 믿음)회복(거듭남)"이란 삶의 지표가 서정적 순간성 속에서 견고하게 결속하는 것이다. 그 빛나는 순간을 통해 都 시인 특유의 형이상학적 빛을 한껏 쬐게 되고, 이때 우리도 스스럼없이 환한 서정과 영성의 순간에 놓이게 된다. 그렇게 시인은 「서시(序詩)」 속에서 앞으로 노래할 일상 속 인간의 냄새와 자연의 빛깔 그리고 신성의 목소리가 공통적으로 함축하고 있는 속성에 대해 깊은 사유를 풀어 놓는다.

> 인생이 겨울인 가슴에는
> 눈물이 꽃이었는데
> 정작 눈물이 마르니
> 그 가슴에도
> 봄꽃이 피더군요
> ─「삶을 경험해보니」 중에서

> 그대는 봄빛 향기
> 하얀 소복으로 살포시 다가와
> 하필 외로운 그 시간에
> 그리움만 남기고
> 가지런한 미소
> 내 가슴 울렁이고 떠나네요
> ─「목련」 중에서

> 봄이면 봄의 모습으로

여름이면 지친 모습
또 가을이면 낙엽을 밟고 서 있는
그대의 모습이 보일 거예요
－「그리움」 중에서

봉오리 터지며 만발한 꽃들은 변덕스런 비의 자극에
도 불구하고 "매일 웃는 꽃"으로 피어난다. 그리고 고유
의 향기와 소리로 자신을 증명하기도 하고, 작은 입으로
"하필 외로운 그 시간"에 "눈물의 꽃"으로 변하기도 한
다. 이처럼 편재하는 봄날의 꽃들을 온전하게 만나기 위
해 시인은 "가지런한 미소"를 머금은 채 "또 가을이면
낙엽을 밟고" 서 있을 "그대의 모습"을 떠올린다. 요컨
대 모두 즉물적 감각을 양도한 채 크나큰 품으로 온전하
게 봄날의 꽃들을 안아 들이고자 하는 것이다. 그러니까
그 꽃들을 품으면서 스스로 자연 사물과 혼연일체가 되
고자 하는 시인 스스로의 실존적 다짐이기도 한 것이다.
나아가 시인은 봄이 되어 "저(목련) 봉오리 터지면 꽃이
피고 저 꽃이 다시 지면 이번엔 벚꽃이 만발"하던 자연
사물들이 새롭게 존재 방식을 형성해가는 크나큰 삶의
또 다른 방향과 리듬을 탐색한다. 그리고 모든 사물들을
품어보려는 시인의 이러한 의지와 다짐은 "봄비 내리던
외로운 밤(…) 어느 시간 어느 공간 속으로 사라지고(…)
그 추억은 나만의 야상곡(…)이 되어 그 밤 봄비가 그리
워진다"는 동일성의 확인으로도 깊이 이어진다. 즉 도완
석 시는 일상적 삶의 불가피성 속에 있으면서 자연을 하

나의 방법적 거울로 삼는다.

　반면 한결같이 자연친화적인 감성의 겹침과 풀어짐의 서정적 순간들은 일상의 소소하고 디테일한 지속과 끊김으로 이어지면서 시인은 일상 속에 뛰어든다. 都 시인의 시가 발산하는 또 다른 힘은 일상에서 아름다움을 끌어내고 있다는 점이다. 일상성이란 꾸미지 않는 솔직함, 있는 그대로임, 사치스럽지 않음과의 동의어이다. 그러므로 평범한 일상성 속에 숨겨진 소박함과 건강함은 평범한 사람들이 날마다 생활 속에 치이고 쫓기며 부대끼며 살아간다는 것을 함의한다.

오른손 들고 빙빙 돌다
왼손 들고 빙빙 도는
뒷걸음 앞걸음 걷다 멈추고
손뼉 치는 우리네 인생은
그냥 수레바퀴
－「수레바퀴」 중에서

세월은 시간의 흐름
속도감 없이 빠르지만
달리는 인생 객차 안에는
인생 모두가 동행인
각자의 종착역에 내릴 때까지는
－「인생 여정」 중에서

서로의 눈동자에
노을빛 담겨 있고
햇살 가득한 표정으로
우린 미소를 지었지요
―「저녁노을」 중에서

설움과 야속한 눈물
그 인생은 지혜가 부족하여
         (……)
1, 2, 3 숫자에만 민감한 오늘
하루 또 지나면
늘상 그렇듯 탄식입니다
―「탄식」 중에서

　이처럼 시인의 노래 소리는 일상적 삶의 현실 속으로 물 흐르듯이 자연스러운 순리로 들린다. 그의 시에 그려지고 있는 일상은 공들여 해독할 필요가 없고, 감정의 진폭이 크지 않기에 열광하거나 분노할 필요도 없다. 그의 시는 편안하다. 내용이나 형식에서 일정한 톤을 유지하고 있다. 사실을 미화시키거나 외면하지 않고 있는 그대로 그리는 데서 나타난다. 바로 그의 시는 꾸밈이 없고 조용하고 부드러운 점에서 또 다른 자연(自然)에 가깝다. 즉, 도완석 시인의 일상 시는 모든 있어야 할 것들을 제자리에 돌려주어야 한다는 당위성에서 출발한 평범한, 자연스러움을 추구하면서 "삶 그 자체가 아름다운 풍경"으로 전경화된다.

하지만 그 일상 속엔 "1 2 3 숫자에만 민감한" 정체
된 삶을 살아내는 인간의 어리석음과 부끄러움을 성찰
하지 못하는 "어리석기만" 함을 툭 건드리곤 "침묵의 질
서" 속으로 숨어버린다. 그리하여 그의 시는 '말과 삶이
어울리는 단순성', '평범함과 비범함', '일상성의 미학과
자연스러움'등 사고의 복합성과 깊은 울림을 들려준다.
하여 읽은 이들로 하여금 건강하고 진정한 삶을 추구하
게 하고, 모든 것을 '품어 안는 긍정의 힘'을 제공한다.

도완석의 시에 대한 또 다른 무난한 독법(讀法)은 그의
시가 '개인적이자 사회적'이라는 사실이다. 누구에게든
자신을 비추어보는 거울은 필요한 법이다. 굳이 마틴 부
버를 떠올리지 않더라도, 사회적 동물로서의 인간은 자
신과의 맞대면은 물론이고 특히 다른 사람과의 관계 속
에서 자기 스스로를 조절한다. 특히 관계 속에서의 자기
조명이야말로 사회적 자아 스스로가 서 있는 자리를 돌
아볼 수 있고 동시에 스스로를 객관화시켜 볼 수 있는
의미 있는 것이라 할 수 있다. 시인은 시집 속에서 관계
맺음의 대상(당신, 그대, 아내, 어머니, 손자, 어린이)과
만나 기억하고 표현한다.

홀로
비 오는 처마 밑에 쪼그려 앉아
떨어져 돌멩이에 튕겨나는
빗방울을 세며
장에 가신 엄마를 기다렸지요

－「사월의 봄비」 중에서

아이야 울지 마라
이제 곧 빛이 비출 거야
많이 배고프지
어서 새처럼 너 있는 어둠을 뚫고
하늘 높이 날아가거라
－「오는 봄 이 눈물 어찌하려고」 중에서

엄마 목소리
선생님의 칭찬과 꾸지람
텅 빈 예배당의 기도소리
사춘기적 그 설렘에
듣넌 정준가요
그 소리에 머물 수 있다면
－「머물고 싶은 추억들」 중에서

이제 우리
남겨진 눈물 마저 흘리고
세월이 멈춘다면

서로에게 밤하늘 별이 되면
좋겠어요
－「저녁노을」 중에서

도란도란
내 품에 안겨오는

저들의 맑은 눈동자

나로 인해 태어나
이 세상을 살아가는
내 기쁨 내 사랑
― 「몽산포에서」 중에서

그럼에도 가끔 그리움에
마음으로 안부를 전할 때면
희한하게 기적처럼 날아온 소년의 소식
― 「Miracle Concert」 중에서

　　시인은 세계(우주)와 인생, 인간과 자연, 사람과 사람
사이(間)를 만남의 시·공간으로 비집고 들어가 그 관계
의 실상을 감성적 서사란 그림으로 그려낸다. 관계 속의
사이가 품고 있는 "그리움·외로움·설레임·기다림·바람
(願)"이란 정서적 울림을 통해 삶의 지혜들을 만난다. 그
것은 같이 모여서 살아야 인간답게 살 수 있다는 연대의
식이다. 함께 모여 정서적 고통을 이겨내야 삶의 상처는
아문다. 그런 그의 지혜는 삶의 전체적 모습을 드러내는
것을 겨냥하는 서사적 세계의 지혜가 아니라, 자기의 체
험에 의거해 삶의 한 부분의 지혜를 드러내 성찰의 계기
로 삼는 루카치가 쓰는 의미의 수필적 세계의 지혜이다.
都 시인은 현실 속의 사이적(間的) 존재인 가족, 주변 예
술인, 친구들을 만나고, 기억 속의 '그대'까지 소환한다.
시인은 그러한 삶 속에서 삶의 진리를 만난다. 이를 레

비나스에 기대어 달리 표현하면 "'대상화'된 자기를 '습관'의 반복에 밀어 넣는 것이 아니라 습관을 넘어 새로운 자리를 만들어간다." 즉 '초월적 존재론'으로 나간다. '나'를 초월하는 것은 자기 동일성을 해체하고 새로운 나로 나가는 것이다.

이렇게 도완석 시인의 삶은 지향(志向)이다. 어디를 향한 지향일까? 都 시인의 지향은, 그가 때로는 하나님이라고 부르기도 하고 때로는 존재하고 부르기도 하는 본질을 향한 지향이다. 그 지향의 다른 말은 '초월적 지향'이다. 일상의 구체적인 삶 속에서 무심히 지나치는 사물들과의 만남에서부터 만남의 대상에 대한 존재 형식에 대한 성찰을 지나 생의 본질을 유추적으로 결합시키는 작법(作法)을 지향한다. 이렇듯 삶이란 세계 속에서 시인이 포착한 사물의 존재방식은 인간의 그것으로 치환되고, 존재의 심층에 가라앉아 있는 삶의 이법에 대해 사유할 수 있게 해준다. 이러한 어떤 삶의 비의(祕義)에 가 닿는 과정은 양도할 수 없는 도완석 시학의 존재론적 지표가 된다.

都 시인은 '시'를 통해 가 닿으려는 열망 그 자체와 '지향점'에 도달하려는 의지에 방점을 찍으며 넌지시 알려준다. 삶의 헛됨 혹은 비극적 존재 방식에 혼연히 참여하면서도, 인간의 궁극적인 관심을 암시하는 눈을 풍요롭게 보여준다. 그만큼 시인의 시는 세계, 사물, 사람들과의 소통에서 중요한 영성의 가치를 발견하고, 나아가 거기서 신생의 원리를 자연스럽게 담아내고 있는 것이다.

나는 나의 무얼 위해
나는 남의 무얼 위해
이 새벽을 깨우는
첫 번째 기도가 되어야 할까
―「새벽 기도」 중에서

삶의 초점이 실존적 가치에 기울어진
갱년기 이후의 나이여도
여전한 자아의 선택은
일상의 만남에
손익분기점을 셈하네요
                (……)
아 어찌 이럴까요
본능에 내재된 속성이
아직 지워지지 않은 원죄 때문인가요
이러는 내가 싫고
이러는 세상 모두가 정말 싫어지는
세월 때문인가요
―「원죄」 중에서

삶의 고독 또한
기폭의 높낮이가 매일 달라지는 법
울고 웃는 감정을 측량하는
띠 그래프의 곡선 같은 것

그것이 인생이라

아무리 우겨도
어떤 전자측정기를 움직이듯
전능자의 주권 아래
내가 존재함을
어찌 부정할 수 있을까요
— 「시간의 정서」 중에서

나의 나 됨을
감사하며
나는 낯선 땅에 홀로선
외로운 이방인처럼
살으렵니다
— 「송구영신」 중에서

　어쩌면 우린 평생 나 자신을 구원해보려고 낫지 않은 병을 앓으며 그 '초월적 영성'의 별을 바라보는 일을 멈추지 못하고 꿈꾸는(기도하는) 병을 앓는 존재라는 막연한 신화적 본능을 가진 잠재태이다. 도완석 시인 역시 그러하다. "인생 노을빛에 초라해진 나"에게 "나 스스로 알아서 하라"는 시는 주님을 핑계 삼아 '카이로스의 시간적' 삶을 사는 시인에게 늘 '전능자의 주권'을 가진 하나님은 '존재적 가치'에 초점이 기울어진 '침묵의 십자가'로 다가온다. 그래서 "두 손 모으고 마음을 집중하고 오늘 나는 무엇을 기도할까" 기도하는 아침에 비로소 찾은 순간의 감사함이 자신으로 하여금 바로 '지금 여기'에 있다는 진실을 알게끔 해주고, 시인은 그 발

견의 기쁨을 누군가에게 나누어주고 싶어 한다. 여기에
는 진리를 알고는 전하지 않고 견딜 수 없는 일종의 전
도(misson)충동이 내재해 있거니와 그 점에서 도완석은
발견과 전달의 직임을 맡은, 가장 깊고 근원적인 '노래'
의 사제(司祭)인 셈이다. 그래서 시인은 "낯선 땅에 홀로
선 외로운 이방인"처럼 살고 있는지도 모른다.

　요컨대 도완석 세계는 일상의 구체적인 삶과 생명의
표상인 자연친화적인 '이 땅'에만 근거를 두고 있는 것
이 아니라, 그와 더불어 신성과 섭리의 표상인 '하나님
나라'에도 그 근거를 두고 있다. 여기서 대지에 닿아 있
는 두 발과 하늘을 향하고 있는 인간의 영혼을 함께 보
며, 신의 섭리를 이 땅 위에서 만나고 실현시키면서 동
시에 이 대지 위에서 삶을 천상에 있는 신의 섭리와 어
떻게 내통시키고 결합시키며 조화시킬 것인가를 고민하
는, 한 시인이자 인간의 모습을 엿보게 된다.

아침 일터에 분주함 없는
백수 인생이니까
밤새 서재에 홀로 앉아
이런 저런 잡념으로
긴 시간 보내고

평범했던 일상이
내게 주어진 최고의 선물임을
알지 못했던 그 미련 떨구고
공허함으로 시작되는

밤 시간

사방이 잠잠해지고
고요 속의 성찰
혼자만의 정직한
그 가식 없는 순수함
보석 같은 시어들을
떠올리고

세공사처럼
글 다듬고 깎아 내는 일이
게눈 감추는 입맛처럼
맛있고 멋있고
보람스런 행복이라 생각하고

그렇게 밤 지새우다
드는 새벽 잠자리
감사합니다
감미롭고 정직한
내 기도라서
참 좋고
— 「새벽에 드는 잠」 전문

　무엇인가 되어버린다는 완료형 삶이 되는 일이 두려워 언제나 되어가는 도중(생성)에 있고 싶어 하는 시인 도완석. 이제 그는 "일에 미쳐 일을 지어내고 사서 고생하는" "백수 인생의 그 게으름" 속에서조차도 "나를 성찰"

케 하는 자각을 촉구하며 내가 머무는 현실을 자각하고 그곳을 뚫고 갈 수 있는 무기는 '글쓰기'밖에 없다는 것을 '실천'하는 진행형 삶을 살아내고 있다.

도완석의 시편들은 그렇게 "혼자 써보는 잠언"으로 그치지 않고 "삶과 죽음 그 사이에 공존하는 우리들의 인생사/눈물이 정상이고 웃음은 보너스/가난이 정상이고 부요함은 축복/불평이 정상이고 감사는 선물"이 된다. 급기야 "에덴의 동쪽, 내 삶은 언제나 그곳에 머물러 있었다, 때론 벧엘이나 갈보리로 외유하면서 아 감추어진 욕망 시들해진 믿음 내가 곤고한 자로구나 사망의 고통에서 벗어나고 싶다 문득 떠오르는 한 단어「회복」믿음의 열정 온전한 사랑 꾸밈없는 소망으로 가득 찼던 그 열정의 시간으로 난 나의 생각을 멈추고 침묵한다."

'오늘, 여기'까지 시인은 '삶(인생)'과 '詩'를 연결하여 글을 쓴다. 상상하기 어렵지만 그가 글을 쓰지 않았다면, 심적 억압과 결핍으로 뭉쳐진 얇은 존재로 남아 있었을 것이다. 이를 이겨내고 넘어서서 어렴풋한 기억 속 삶을 함께한 이들의 심중을 헤아리며 안부를 전한다. 어떻게 할 수 없는 운명에 대한 공동체적 연민을 담아, 수백 번의 조탁을 거친 심안이 그려낸 인생 조감도는 어둠을 헤치고 낮은 계단을 더듬더듬 올라가 시간의 현관문을 끊임없이 노크한다. 하여 시인은 '이런 저런 상상력으로' '세공사처럼 글 다듬고 깎아 내어' '보석 같은 단어들을 찾'아 냄을 '감사'하며 새벽에 드는 잠을 '감미로운 기도'로 받아들인다.

도완석 시인이 거주하는 집은 일상적이고 물리적인 현실과 그 세계를 벗어난 시공간에서 벌어지는 경험까지, 무한한 상상적 확장을 통해 그 권역을 넓혔다가, 다시 자기 자신으로 돌아오는 회귀적 과정을 밟아왔다. 이를 수행하는 과정에서 도완석의 시적 아름다움은 '신성한 것'에 대한 일관된 갈망과 추구 그리고 거기서 여러 인생론적 세목들을 파생시키는 상상력을 일관되게 보여 준다. 그 세목들이란, 삶의 근원에 대한 깨달음을 거쳐, 신성과 일상의 깊이를 동시에 탐색하는 길에 이르러, 궁극적인 존재 전환의 꿈을 노래하는 실존적 과정이 되어 생화(生花)로 피어나고 있다.

시집 『당신 속의 봄』은 都 시인의 일상 속에서 싹 트고 잎 돋고 꽃으로 피어난 각별한 시적 상상력의 풍경이다. 요컨대 '꽃 피우기'는 꽃 그 이상이다. 그러기에 '그 겨울 속 당신의 봄'에 핀 꽃 안에시, 꽃을 동해서, 꽃을 넘어서, 都 시인의 상상력은 무궁무진 심화 확산될 수 있다. 이야기로, 이미지로, 상징으로… 때로는 산뜻하고 전위적인 탈주를 통하여 참신한 새로운 경지로 달려가기도 한다. 그러기에 '기억 속의 상처를 보듬은 상생과 구도의 길'은 계속 탐문할 수 있는 가능성으로 거듭 확인할 수 있으며 의미심장한 영역으로 작동될 수 있을 것이다. 성격이 이러하기에 이 시집에서 만난 '울림'은 작은 부분에 불과하다. 그야말로 큰 숲속의 아주 작은 오솔길을 따라가 본 삶의 편린이지만, 그럼에도 불구하고, 나름 의미 있는 '어떤 무엇'이었으면 하는 바람으로 꿈을 꾼다. 그렇게 도완석의 여섯 번째 시집 『당신 속의 봄』은 우리 곁에 함께 잠들고 깨어나다가 또 다른 7번째 시집 '어떤 무엇'으로 거듭 태어날 것이다.

시와정신시인선 56

당신 속의 봄

ⓒ도완석, 2025

1판 1쇄 ㅣ 2025년 10월 25일
지 은 이 ㅣ 도완석
펴 낸 곳 ㅣ 시와정신사
주   소 ㅣ (34445) 대전광역시 대덕구 대전로1019번길 28-7, 2층
전   화 ㅣ (042) 320-7845
전   송 ㅣ 0504-018-1010
홈페이지 ㅣ www.siwajeongsin.com
전자우편 ㅣ siwajeongsin@hanmail.net

공 급 처 ㅣ (주)북센 (031) 955-6777

ISBN 979-11-89282-85-1   03810

값 13,000원